AF357702

Vente du Jeudi 1er Mars 1900
HOTEL DROUOT, SALLE N° 9

ESTAMPES

ANCIENNES

Des XVIe, XVIIe et XVIIIe siècles

PORTRAITS, VUES, PAYSAGES

Chasse, Pêche

DESSINS

GRAVURES EN LOTS

Composant la Collection d'un Amateur Suisse

DONT LA VENTE AUX ENCHÈRES PUBLIQUES AURA LIEU

HOTEL DES COMMISSAIRES-PRISEURS, RUE DROUOT, N° 9

Salle N° 9

Le Jeudi 1er Mars 1900

à deux heures précises.

Mᵉ Emile BOUDIN	M. Paul ROBLIN
COMMISSAIRE-PRISEUR	MARCHAND D'ESTAMPES
102, Rue Richelieu, 102	65, Rue Saint-Lazare, 65

CONDITIONS DE LA VENTE

La Vente sera faite expressément au comptant.

Les acquéreurs paieront *cinq pour cent* en sus des prix d'adjudication.

M. Paul Roblin, chargé de la vente, se réserve la faculté de rassembler ou de diviser les lots.

DÉSIGNATION

ADAM (J.), AMAN (J.)

1 — *Socinus* (Em.) de Bâle. — *Forcadus* (Théod.) de Bâle. 2 portraits in-4. Belles épreuves.

ADAM (P.)

2 — Bataille de Wagram d'après C. Langlois, in-fol.

ALMANACHS

3 — Vignettes par Chodowiecky et Schellenberg. 27 p. in-18. Belles épreuves.

AMÉRIQUE (Pièces sur l')

4 — *Francklin* (B.), par Longacre d'ap. Martin, in-8. — *Washington* (Le général), par Le Mire, d'après Le Paon. Deux portraits.

5 — Mort du général Mont-Calm, par Chevillet, d'après Watteau de Lille. Belle épreuve.

6 — The Death of Captain Cook. Les figures par Bartolozzi et le paysage par W. Byrne, d'après J. Webber. Belle épreuve.

7 — Trait explicatif pour les estampes de *Bunker's Hill*, *Québec*, *Gibraltar*. Trois pièces.

ANONYME

8 — *Maria I, Reine de Portugal. — Herren. Scheirand.* Deux portraits in-4. Très belles épreuves, une est avant toutes lettres.

9 — *Marie d'Orléans,* Duchesse de Nemours que Dieu dona en sa grâce pour souveraine aux peuples de Neuchatel et Vallangris. Très belle épreuve.

10 — Pourtraicts des IV Ducs de Bourgogne. 4 portraits tirés sur la même planche. Belle épreuve.

11 — La Vierge, l'enfant Jésus et Sainte Anne. Très belle épreuve avant toutes lettres.

AUSTIN (W.)

12 — A South West view of St Michael's Mount, in the County of Cornwall. — A East wiew of St Michael's Mount. 2 p. in-fol. en larg. Belles épreuves.

AXTMANN (A.)

13 — Pastorale, petite composition ornée de fleurs et de fruits. Très belle épreuve.

BARATHIER

14 — Psyché offrant des présents à ses sœurs. — Psyché au tribunal de Vénus. Deux lithog. faisant pendants, d'après Fragonard fils. Épreuves avant la lettre sur papier de chine.

BARTOLOZZI (Fr.)

15 — Silence. — The guardian Angels. 2 p. en larg. imprimées en bistre. Belles épreuves.

16 — Dido. — The Death of Arcite. — A sacrifice to Diana the Goddes of Hunting. — Fac-simile de dessins. 12 p.

BEAUVARLET (J.)

17 — Acis et Galathée. — Jugement de Pâris. — Télémaque dans l'Ile de Calipso. 3 p. d'après Raoux et Lucas Giordano. Belles épreuves.

18 — Le Bourg-Mestre, d'après Ad. Van Ostade. Très belle épreuve avant toutes lettres, grandes marges.

19 — La confidence, d'après Van Loo. — Offrande à Cérès. — Offrande à Vénus d'après Vien. 3 p.

BENOIST (Jeune).

20 — Frontispice avec portrait en buste de *Marie-Louise*, d'après Fragonard fils, in-fol. Belle épreuve.

BENOIT (G. Ph.).

21 — Jupiter endormi entre les bras de Junon, d'après J. A. Julien de Parme. In-fol. Belle épreuve.

BERGER (Daniel).

22 — Romeo and Julie, d'après Benjamin West. Très belle épreuve imprimée en bistre avec la légende et les noms à la pointe. Marges.

BERVIC (Ch. Cl.).

23 — *Sénac de Meilhan* (Gabriel), d'après Duplessis, in-fol. Belle épreuve, grandes marges.

24 — La demande acceptée, d'après Lépicié. Belle épreuve.

BODENEHR (Gabriel).

25 — *Belle-Isle* (Ch. L. Aug. Foucquet de), d'après H. Rigaud. — *Georges II*. Roi d'Angleterre, d'après J. Kayser. Deux portraits in-fol. à la manière noire. Belles épreuves.

BOIS ANCIENS

26 — Allégories moralistes et religieuses, par D. Janot. 100 p.

BOISSIEU (de)

27 — Grands Paysages. 7 p. sur papier de chine.

BOLSWERT et CRISPIN DE PASSE.

28 — Emblèmes. Rois de l'Antiquité. 29 p.

BOSSE (Ab.).

29 — L'Eté. — Vestir les Nuds. 2 p. Belles épreuves.

30 — Titres et planches pour *l'Enéide de Virgile*. 13 p.

BOUCHER (d'après Fr.).

31 — Le Berger récompensé, par R. Gaillard. — La Fontaine, par Pelletier. 2 p.

BREBIETTE.

32 — Sujets mythologiques. 24 p. en forme de frises. Belles épreuves.

CALLOT (J.).

33 — Le Sauveur, la Sainte Vierge et les douze apôtres. Titre et 12 p. (M. 104-119). 2e et 3e États. Marges.

CALLOT (d'après J.).

34 — La tentation de Saint Antoine, par Pacot. Belle épreuve.

CARÉE.

35 — Têtes de paysan et de paysane. 2 p. à la sanguine, d'après
P. A. Wille fils. Belles épreuves.

CHEREAU (Fr.)

36 — Vertumne et Pomone, d'après Marot. Belle épreuve.

CHODOWIECKY, GALLE, HUBNER

37 — *Erasme. — Alexandre VII. — Lukas Hagenbach.* 3
portraits in-8. Très belles épreuves.

COCK (H.)

38 — Le sacrifice d'Abraham, 1551. Bonne épreuve.

CRUYEEN (L. Van der)

39 — Cartouche composé de rubans et de roses. Très belle
épreuve avant toutes lettres.

DEMARTEAU (Gilles)

40 — Vénus d'après l'Antique. — Études de têtes. — Cavaliers. — Académies, Paysages, etc. 17 p. à la sanguine et
aux crayons de couleurs. Plusieurs sont avant la lettre.

DESPORTES (d'après F.)

40 bis — Chasse au loup. — Chasse au sanglier. Deux pièces
faisant pendants, gravées par Joullain. Belles épreuves.
Marges.

DESSINS

41 — Suite de onze saints de l'École allemande du XVIe siècle.
— Paysages, Vues, Académies, sujets divers par Grégoire
d'Aix, Wöcher, Eberts, Mégard, Chevret, etc. Environ 60
dessins.

DIOGG

42 — *Hirzel (J. G.).* Citoyen et magistrat de la République
de Zuric, in-4. Belle épreuve.

DIVERS

43 — Portraits anciens d'après Holbein, Van Dyck, etc. 7 p. in-4, dont deux à la manière noire.

44 — Portraits anciens de personnages célèbres et de la Révolution française. 26 p. in-8 et in-12.

DREVET (Pierre)

45 — *Delamet* (Léonard). — Portrait de Cardinal. Deux portraits in-fol. d'après H. Rigaud. Belles épreuves; une est avant toutes lettres.

DREVET (Pierre-Imbert)

46 — *Bernard* (Samuel), Conseiller d'État. Belle épreuve. Marges.

DUNKER (B. A.)

47 — Schüppach (Michel), médecin à Langnau, in-4. Très belle épreuve. Rare.

EARLOM (Richard)

48 — Susanna and the Elders, d'après Rembrandt, in-fol. à la manière noire. Très belle épreuve à toutes marges.

49 — Chasse au canard. Belle épreuve à la manière noire. Sans marges.

ÉCOLES ANCIENNES

50 — Sujets religieux. — Scènes de paysans. 13 p. par H. S. Beham, G. Pentz, Aldegraver et autres. Belles épreuves.

ÉCOLE FRANÇAISE

51 — La Rose défendue. — Prise de la Bastille. — Jupiter et Léda. — L'Oiseau mort, etc. 8 p. par Greuze, Freudenberg, Saint-Aubin, etc.

FOCOSI (d'après A.)

52 — Cérémonie du sacre de Ferdinand 1er. 34 p. au trait, en album.

FRAGONARD (d'après H.)

53 — Le contrat, par Blot. Belle épreuve, grandes marges.

FRANÇOIS

54 — Etude de cavaliers, d'après Parrocel. — Tête de jeune fille, d'après Van Loo. Deux pièces à la manière de crayon, dont une à la sanguine.

FREUDENBERG et DUNKER

55 — Figures et fleurons pour l'*Heptaméron*. 51 p.

FURST de Nuremberg (chez)

56 — Modèles de dessins (figures). 8 p. Belles épreuves.

GAILLARD (R)

57 — La Méditation, d'après Schenau. Belle épreuve.

GESSNER (d'après Salomon)

58 — Paysages, Vues. 9 p. in-fol. Belles épreuves.

GODEFROY (F.)

59 — Les Géorgiennes au bain, d'après L. de la Hyre. Belle épreuve avant la dédicace. Marges.

GOLTZIUS (d'après H.)

60 — Cérès. — La Circoncision. 2 p.

61 — Les Éléments, Allégories, Sujets religieux et profanes. 19 p. anciennes par Jansonius, Saenredam, Vischer, etc. Belles épreuves.

GUNST (Pierre Van)

62 — *Louis*, dauphin. — *Maria*. Deux portraits in-fol. Belles épreuves.

HAFNER (J. Ch)

63 — *Brunswick* (Louis-Rodolphe, duc de). — *Brunswick* (Elisabeth-Christine, duchesse de). 2 portraits pet. in-fol. gravés à la manière noire, belles épreuves.

HAID (J. J.)

64 — *Louis XV*, Roi de France, d'après J.-B. Lemoyne. — *Seckendorf* (Fr. H. Cte de). 2 portraits in-fol. gravés à la manière noire. Belles épreuves.

HECKENAUER (Leonhard)

65 — *Haak Pfarzer* (Daniel), d'après G. Marell Haak : in-4. Belle épreuve.

HEINSIUS (Frédéric)

66 — *Pie V*, pape ; in-4. Belle épreuve.

HEISS (E. Ch.). **HIRSCHMANN**

67 — *Egger* (Raymond). — *Ebner* (L. G.). 2 portraits in-fol. à la manière noire. Belles épreuves.

HERZ (J. D.)

68 — Cartouche en blanc, orné des attributs de l'Automne, d'après W. L. Reinner ; in-fol. Belle épreuve.

HOOGHE (Romyn de)

69 — Spiegel der Fransse Tyranny, 1673. — Réception de Sa Majesté au pont de Westende. Deux pièces in-fol. Belles épreuves.

JANINET (J.-F.)

70 — Tête de Vieillard, d'après Greuze ; in-fol. Belle épreuve à la sanguine.

JEANMAIRE (E)

71 — Vaches sous des sapins. — Tête de chien. 2 eaux-fortes, 1878. Belles épreuves.

JEGHERS (Jan)

72 — Le Jeu de l'Oie, 1662, gravure sur bois. (Manque deux côtés de l'estampe).

KAUKE (C.-F.)

73 — Le petit tambour, d'après J. Angeli. Belle épreuve.

KLAUBER (Les frères)

74 — Calendrier pour l'année 1779, avec portrait et généalogie de Frédéric-Louis-François, Evesque de Bâle. Très grande estampe composée de 3 feuilles gr. in-fol. Très belle épreuve bien conservée, rare.

KILIAN (les)

75 — *Marie-Thérèse* Reine de Hongrie. — *Froben* (Jean). — *Bombsdorff* (de). — *Hollweil* (Baron Fp. L. de). — *Ruprechtus* (M. Georges). 5 portraits in-4 et in-fol. dont deux gravés à la manière noire. Belles épreuves.

KLEIN (J. A.)

76 — Fontaine monumentale à Berne. Deux pièces à l'eau-forte, 1820. Belles épreuves.

KNIGHT (C.)

77 — Charles the 2. after his defeat by Cromwell at the Battle of Worcester. — Lord Russell taking leave of Lady Russell and Children. 2 pièces faisant pendants, d'après Stottart. Belles épreuves en bistre avec la lettre grise.

LA FEUILLE

78 — *Schomberg* (Fr. duc de). In-fol. Très belle épreuve, rare.

LARMESSIN (de)

79 — Les Augustes représentations de tous les Roys de France depuis Pharamond jusqu'à Louys XIIII dit le Grand, à présent régnant. 1679. Titre et 56 portraits in-4. Belles épreuves.

LAUNAY (N. de)

80 — Angélique et Médor, d'après Raoux. Belle épreuve. (Mouillures).

LEBAS (J. Ph.)

81 — Les Ruines du tremblement de terre de Lisbonne. Suite de 6 p. Belles épreuves. Marges.

LE BAS (J. Ph.), MOYREAU (J.)

82 — Le pot au lait. — Le grand marché aux chevaux. — La tentation de Saint Antoine. 3 p. in-fol. d'après Wouvermans et Teniers. Belles épreuves.

LE BEAU

83 — Bataille d'Austerlitz, gagnée par la Grande Armée le 2 décembre 1805, d'après Naudet. In-fol.

LE BEAU, LEBRUN, LIPS

84 — *Villars* (duc de). — *Necker*. — *Falkenstein* (Cte de), etc. 4 portraits in-8. Belles épreuves, un est avant la lettre.

LEBRUN (d'après Ch.).

85 — Deffaite de l'armée Espagnolle, près le canal de Bruges, sous la conduite de Marsin, par les trouppes du Roy Louis XIV, en l'année 1667. — Un sacrifice. Deux pièces par S. le Clerc et B. Picart. Belles épreuves.

LE PAUTRE.

86 — Modèles d'architecture et de jardinage. 20 p.

LE PRINCE (J. B.).

87 — 1re pastorale. Belle épreuve en bistre.

LE PRINCE (d'après J. B.).

88 — Les Nappes d'eau, par F. Godefroy. In-fol. Belle épreuve.

LIOTARD (J. M.).

89 — Le Triomphe de Vénus, d'après C. Cignani. Gd in-fol. Belle épreuve.

LOIR.

90 — Michel et ses Anges combattaient contre le Dragon, etc., d'après C. Lebrun. Estampe en deux feuilles.

LOMBARD (P.).

91 — *Hyde* (Anne). Duchesse d'York, d'après P. Lély. In-8. Très belle épreuve.

LONDERSELIUS (Assuérus).

92 — Bouquet de fleurs dans un vase soutenu par des dauphins et des cariatides, d'après N. de Bruyn. Belle épreuve.

LONDEYSEL (Jan)

93 — La chasse au faucon, d'après David Vine Bons, in-fol.

MASSARD (Rahpaël-Urbain)

94 — La danse des Muses d'après Jules Romain, in-fol. Épreuve avant la lettre. (Mouillures).

MASSARD (U.). SMITH (Ed.)

95 — *Pedro Ier* (Dom), Empereur du Brezil. 2 portraits in-4 et in-fol.

MATHAM (J.)

96 — Charles II rendant visite aux Etats Généraux de la Hollande, 1er Juin 1666, d'après Vliet. Belle épreuve.

MÉCHEL (Chr. de)

97 — *Schüppach* (Michel), Médecin-praticien très renommé à Langnau. — *Flückigger* (Marie), son épouse. — *Samson* (J. Ul.), graveur en creux. 3 portraits in-4. Belles épreuves.

98 — Scène de la guerre des paysans en Suisse, l'an 1525. — Autre sujet. 2 p. in-fol. en bistre, une est sans marges.

MÉCHEL (chez Chr. de)

99 — Cosmographus méditans, d'après Rembrandt. Belle épreuve.

NANTEUIL (Rob.)

100 — *Perefixe* (Hardouin de) (R. D. 212). Belle épreuve sans marges.

NILSON

101 — Sujet de Guillaume Tell, d'après Vogel, à la manière noire. Belle épreuve.

NORDHEIM

102 — La madone de Saint-Sixte, d'après Raphael, gr. in-fol.

OSTADE, WIERIX

103 — Scènes de Paysans. — La Mélancolie. — La Cène. — Sujets religieux. 8 p.

OUDRY (d'après J.-B.)

104 — Recueil de divers Animaux de chasse, tiré du cabinet de Monsieur le Comte de Tessin. Suite de 12 p. dont un titre gravés par J. Ph. Le Bas. Très belles épreuves, marges.

105 — Le Sérail du doguin. — Le Moufflon. — Le Chat-Panterre. — L'attaque féroce. — Le cerf aux abois. Cinq pièces par Basan, Daullé, Huquier, etc.

PARROCEL (J.)

106 — Les Mystères de la Vie de N. S. Jésus-Christ. Suite de 46 p. gravées à l'eau-forte. Belles épreuves, marges.

PARROCEL (Pierre)

107 — Le Triomphe de Bacchus, d'après Subleiras. Belle épreuve.

PASSÉ (Crispin de)

108 — Femmes célèbres. 6 p. in-4. Belles épreuves.

109 — Les Quatre Evangelistes, d'après Geld. Gortzius. 4 p.

110 — Les Rois de Bavière. 57 portraits in-12. Belles épreuves.

111 — Les Sybilles. Suite de 14 p.

PFEFFEL (A.)

112 — *Charles VI*, Empereur d'Allemagne, in-fol. à la manière noire. Belle épreuve.

PHILIPPE (D. et P.)

113 — Charles II, passant la revue à Rotterdam le 26 mai 1660. — Le Roy partant de La Haye le 2 juin 1660. 2 p. d'après A. V. Venne. Belle épreuve.

PIGALLE (d'après J.-B.)

114 — Tombeau de M. le Comte de Lusace, Lieutenant général des armées du Roi, in-fol. par Cochin et Dupuis. Belle épreuve. (Mouillures).

PILLEMENT (d'après J.)

115 — Les Amusements du Printemps. — Les Douceurs de
l'Automne. 2 p. par Canot et Masson.

PIRANESI

116 — Vues de Rome, du Vatican, de Saint-Pierre et de
Saint-Paul, du Panthéon, etc. 7 p. in-fol. Belles épreuves.

POILLY (J.-B. de)

117 — Le Printemps. — L'Eté. — L'Automne. — L'Hiver.
Suite de 4 p. in-fol. d'après F. Mignard, pour la décoration
du Palais de Saint-Cloud. Belles épreuves.

PREISLER (G.-M.), PROBST (J.-B.)

118 — *Fürer* (Ud. Seb.). — *De Bode* (J. V.). 2 portraits
in-fol. Belles épreuves.

PRUD'HON (d'après P. P.)

119 — Le Cruel rit des pleurs qu'il fait verser. — L'Amour
réduit à la raison. — La Vengeance de Cérès. Trois pièces
gravées par Copia. Très rares épreuves imprimées en couleurs. Marges.

REMBRANDT VAN RIJN

120 — Portraits, Paysages, Sujets religieux et sujets profanes.
36 p. anciennes et réimpressions.

RICHOMME (J.-T.)

121 — Daphnis et Chloé, d'après Fr. Gérard ; épreuve avec
la lettre grise, et le cachet. — Triomphe de Galatée,
d'après Raphael. 2 pièces

RIDINGER (J.-E.)

122 — Grandes chasses. — Etudes d'animaux — Paysages.
44 p., la plupart à toutes marges.

RIGAUD (J.)

123 — Veuë de l'Hôtel de Ville de Marseille et d'une partie
de son port. — Veuë du Cours de Marseille. Deux pièces
faisant pendants, dessinées sur le lieu, pendant la peste
arrivée en 1720. Très belles épreuves.

124 — Histoire d'Aventures (Provence), 6 p. — Jeux de
Provence, 6 p. Ensemble 12 p. Belles épreuves, marges.

125 — Baptême ou Bénédiction de la Galère. — Retour des
Galères. 2 p. Belles épreuves.

RŒMER (J. J.)

126 — Genera insectorum Linnæi et Fabricii iconibus illus-
trata. *Vitoduri Helvetorum, Prostat, apud Henric.
Steiner et Socios 1789* ; in-4 cart. 37 pl.

ROGER (B.)

127 — *Olivier de Serres. — Winter* (de). 2 portraits in-8 et
in-4. Belles épreuves.

ROUBILIAC

128 — La buse cherchant sa proie, d'après Desmoulins.
Épreuve aux crayons de couleurs.

RUBENS (d'après P. P.)

129 — Portraits. — Scènes d'Histoire. — Sujets religieux. —
Paysages. 31 p. anciennes par Nattier, Stoch, Swanenburg,
Pontius, Vostermann, etc.

RUGENDAS (G. Ph.)

130 — Scène de bataille, gravée à la manière noire. In-fol.

SADELER (Gilles)

131 — *Mathias*, Empereur d'Allemagne, in-fol. 1614. Belle
épreuve.

132 — *Tasso* (Torquato). In-4 avec légende en vers au bas,
1617. Très belle épreuve.

SAENREDAM (Jean)

133 — La Foi, l'Espérance et la Charité représentées par des
femmes qui portent leurs attributs. Suite de trois pièces,
d'après Goltzius (B. 81-83). Très belles épreuves.

134 — L'Enfant prodigue réduit à la pauvreté se présentant à
un fermier qui lui ordonne d'aller garder ses pourceaux,
d'après A. Bloemaert. Deux épreuves.

SANDBY (P.)

135 — Deux vues du parc de Windsor, d'après F. Sandby.
Belles épreuves.

SANDRART (J.). SCHURTZ (C. N.)

136 — *Georges II*, duc de Saxe. — *Ernst*, duc de Saxe. —
Ruyter (M. Ad.), amiral de Hollande. 3 portraits in-fol.
et in-4.

SCHENCK (Pierre)

137 — *Bavière* (Maximilien-Emmanuel, duc de), in-4 à la manière noire. Belle épreuve.

SCHENCKER (N.)

138 — Une bacchante, d'après Barthélemy ; épreuve avant la lettre. (Manque de conservation).

SEGHERS (d'après Gérard)

139 — Saint Pierre et les Soldats. Belle épreuve.

SEILLER (J. G) de Schaffouse

140 — *Huber* (Leonhart). — *Wepferus* (J. C.), médecin, 2 différents. — *Neukom* (J. C.). — *Otto* (J.). — *Burykli* (Henry), baron de Hochenbourg. 6 portraits in-fol. Belles épreuves.

141 — Les cataractes du Rhin. Belle épreuve.

SHERWIN (J. K.)

142 — A View of Gibraltar with the Spanish Battering Ships on fire. In-fol. en larg.

SIMONNEAU (C.)

143 — Frontispice allégorique dédié à M. Colbert d'Ormoy, d'après A. Coypel, in-fol. Belle épreuve.

SOMPEL et SOUTMAN

144 — Empereurs d'Allemagne. 5 portraits in-fol. et un titre.

SPIZEL (Gabriel)

145 — *Sophie Dorothée*, Reine de Prusse, in-4 à la manière noire. Belle épreuve.

STRADAN (d'après Jean)

146 — Chasses. Pêches. Études d'animaux. 19 p. par Collaert, Mallery et C. Galle.

147 — Grandes chasses, avec cadres ornés d'attributs. 5 p. Belles épreuves.

148 — Chasses. Suite de 20 p. gravées par Ph. Galle.

149 — Chasses, Pêches. 15 p.

150 — Chasses. 26 p.

SWANEVELT (d'après H. Van)

151 — Histoire d'Adonis. Suite de 6 p. Belles épreuves.

TAUNAY (d'après)

152 — Le départ de l'enfant prodigue, par Descourtis. Épreuve en couleur.

THIBOUST (B.)

153 — Grande pièce allégorique en 4 feuilles avec portrait de Léopold 1er, d'après Cyrus Ferrus. Belle épreuve.

THOURNEYSER (Jean-Jacques)

154 — *Charles-Emmanuel II*, Duc de Savoie, 1673, in-fol. Très belle épreuve.

155 — *Gravel* (Rob.), d'après Rachel, in-fol. Belle épreuve (un coin est refait).

156 — *Harder* (J.-J.), médecin : in-4. Très belle épreuve.

157 — *Socinus* (Emmanuel), in-4, d'après Huber. Belle épreuve.

158 — Personnages inconnus. Trois portraits in-4 et in-fol. Très belles épreuves.

TROLL

159 — Chute du Rhin. — Vue du Mont Blanc. 2 p. in-fol. gravées à la manière noire, épreuves à toutes marges.

VAN DER BRUGGEN (Jean)

160 — *Barbo* (Nicolas), Seigneur de Grandvillars, d'après N. de Largillière, in-4 à la manière noire. Très belle épreuve.

VAN-VOERST (R.)

161 — *Charles Ier* et *Henriette de France*, son épouse : in-fol. en larg. d'après Van-Dyck. Très belle épreuve (restaurée).

VERNET (d'après Joseph)

162 — Vûe de la Ville d'Avignon. — Naufrage. — Le Port de Rochefort. — Vue d'Antibes. — Port de mer. 5 p. dont deux à l'eau-forte pure et une avant la lettre.

VERNET (d'après Carle)

163 — Course de traîneaux no 2, gravé à la manière noire par Gros. (Raccommodages).

VIANELLI ET GIGANTI

164 — Douze Vues du Royaume de Naples, eaux-fortes, 1843, avec la couverture. — Douze Vues du Royaume de Naples, eaux-fortes, 1845, avec le titre. Ensemble 24 p.

VISCHER (N.), WHESSELL (John)

165 — Bohémienne allaitant son enfant. — Les Anges annoncent aux bergers la naissance du Christ. — Rural innocence. 3 p.

WEIGEL

166 — Cahier de fleurs, 20 p. Belles épreuves.

WEISBROD (F. P.), VOGEL (B.)

167 — *Wurtemberg* (Ch. Alex., duc de). — *Hoffmann* (G.J.). 2 portraits à la manière noire. Belles épreuves.

WEISS (D)

168 — *Metternick* (Prince de), in-4 d'après Fr. Gérard. Belle épreuve.

WILLE (J G.), WOCHER (M.)

169 — Bonne femme de Normandie. — Le Cabaretier. 2 p. dont une en bistre. Belles épreuves.

170 — Sous ce numéro, il sera vendu par lots environ 5000 estampes, portraits, vues, ornements, paysages, bois anciens, cartes, plans, la plupart relatifs à la Suisse, dessinés ou gravés par Amiconi, de Boissieu, Boucher, Callot, Chardin, L. Cimberlanus, Cochin, Della-Bella, Les Drevet, C. Dujardin, Van-Dyck, C. Galle, Goltzius, Huet, Huquier, P. de Jode, Kilian, Lafage, Lebarbier, Loutherbourg, De Marcenay, Masson, Mellan, C. Ménétrius, Michel-Ange, Moreau, Parrocel, Perelle, B. Picart, Pillement, N. Poussin, Rubens, Sadeler, Saenredam, Salvator-Rosa, Israël Silvestre, Tempesta, Le Titien, Van Schuppen, Van-der-Neer, Teniers, Les Vernet, Watteau, Wild, J. G. Wille, Wischer, Wouvermans, etc., etc.

Grande Imprimerie du Centre. — HERBIN, Montluçon.